Susana Ventura

UM LENÇOL DE INFINITOS FIOS

São Paulo – 2024

Um lençol de infinitos fios

Copyright texto © Susana Ventura

Coordenação editorial Carolina Maluf
Capa e projeto gráfico Fernanda Peralta
Revisão Helena Gomes

1ª edição – 2019
4ª reimpressão – 2024

**CIP-Brasil. Catalogação na publicação
Sindicato Nacional dos Editores de Livros, RJ**

V578L   Ventura, Susana

Um lençol de infinitos fios / Susana Ventura. - 1. ed. -
São Paulo : Gaivota, 2019.
88 p. ; 21 cm.
ISBN 978-85-64816-93-0
1. Ficção brasileira. I. Título.

19-56636   CDD: 869.3
CDU: 82-3(81)

Vanessa Mafra Xavier Salgado - Bibliotecária - CRB-7/6644
24/04/2019 24/04/2019

Edição em conformidade com o acordo
ortográfico da língua portuguesa.

Todos os direitos desta edição reservados à **Editora Gaivota Ltda.**
Rua Conselheiro Brotero, 218, anexo 220
Barra Funda – CEP 01154-000|SãoPaulo–SP–Brasil
Tel: (11) 3081 5739 | (11) 3081 5741
contato@editoragaivota.com.br
www.editoragaivota.com.br

A reprodução de qualquer parte desta obra é ilegal e configura uma
apropriação indevida dos direitos intelectuais e patrimoniais do autor.

Maria

Meu nome é Maria, tenho 12 anos e sou...

E agora? Escrevo boliviana ou brasileira aqui?

Acontece que não sei se sou mais boliviana ou mais brasileira, porque nasci em Sucre, na Bolívia, mas vim para cá com três anos e, para mim, a minha casa é São Paulo. Meu bairro, minha escola e tudo isso ficam no Brasil.

Na minha casa e na minha família (e também para muitos, lá na escola), eu sou boliviana.

Meu irmão Pedro nasceu em São Paulo e tem 6 anos.

Para ele, talvez seja mais fácil pensar nisso, mas acho que ele ainda nem se preocupa com coisas assim.

Desde o começo deste ano (minha mãe diria *"de Nuestro Señor Jesus Cristo de dos mil catorze"* [1]), volto correndo para casa, almoço rápido e vou de novo à escola para levar o Pedro, que começou o primeiro ano.

Ontem me doeu quando eu o deixei no portão e outro menino o chamou:

– Ê, boliviano, vem cá!

---

1. "de Nosso Senhor Jesus Cristo de dois mil e catorze".

Achei esquisito, me deu um negócio no estômago. Lembrei de quando isso aconteceu comigo e fiquei quieta, tentando engolir o choro e um bolo na minha garganta que era uma mistura de raiva com tristeza. Agora, não. Mexeram com meu irmãozinho. Sei que não posso fingir que não escutei. Cheguei para o menino e disse:

– Oi, tudo bem? Sou a Maria e este é o meu irmão Pedro. Ele tem nome, Pedro. Não é "boliviano" o nome dele. É Pedro, tá?

E o menino ficou meio sem jeito. Disse lá um "tudo bem" meio mastigado. O Pedro me deu um abraço antes de entrar na escola. Saí de lá e fui andando e pensando.

Gosto de subir aquela rua que vai dar na Igreja e no Sesc. Tem um monte de casas onde vivem muitas famílias que nem a minha. Andar no Centro é bom. Agora, que eu preciso levar o Pedro todos os dias na escola, tenho tempo para só andar sem fazer nada antes de ter que voltar para casa e ajudar com as coisas.

Hoje tinha trabalho de escola. Fui encontrar Manoela, Jun e Juan na Biblioteca Mário de Andrade. Já levei o caderno e o estojo na sacola. Só não levei o celular porque a minha mãe tem medo que eu seja assaltada, então ele não pode sair de casa.

Um celular que não anda com a pessoa era só o que

faltava! Ainda bem que a Manoela nunca está sem celular. Acho que ela morre se ficar desconectada (nem ela nem a irmã Lucía, que já está no Ensino Médio, não deixam os celulares nem um minuto!). E o Jun tem um *tablet*, mas não deixa ninguém pôr a mão nele:

– Meu *tablet*, só eu mexo!

Chato, mas legal, o Jun.

E o Juan... Bom, o Juan está sempre meio dormindo, mas ele é tão bonito que não precisa falar nada (ai, ai!). Além de bonito, ele é ativista no Facebook, ajudando sua mãe a resgatar cães abandonados e colocando fotos para conseguir gente que adote os animais. A casa deles é lar provisório de montes de cães. Só saber que o Juan estaria na biblioteca já era bom. E que sorte ele ter caído no meu grupo! Ele e o Jun jogam no time de handebol agora.

O Jun é rápido que nem um raio e aproveita que é pequeno para driblar todo mundo com a bola na mão (será que é mesmo "driblar" que se diz? Que nem para futebol?). Quero sempre saber as palavras certas, as coisas certas de dizer, porque quero ser escritora um dia: vou ser uma escritora bolivi... *ops*! E agora? Vou ser uma escritora boliviana ou brasileira?

De novo a mesma dúvida...

Como se decidem essas coisas?

Bom, eu aprendi a ler e escrever em português, mas

leio em castelhano também. Vejo novelas com a minha mãe e a minha tia. E os seriados... Adoro essas histórias. A gente compra os CDs com as séries – é cada uma melhor do que a outra. Assistimos às séries juntos, nos finais de semana. Sempre são faladas em castelhano (ou dubladas), porque grande parte dos adultos não gosta de ler legendas.

Mas escrever eu escrevo em português, sempre. Como neste caderno de escritora, que anda sempre comigo e tem minhas anotações das coisas que vivo, para colocar nos livros que um dia vou fazer.

Então cheguei na Mário de Andrade e fui para aquele jardim sob a escada, onde a gente se encontra e... Fui a primeira a chegar, como sempre, e fiquei um tempo só sentada, pensando. Abri o caderno, tirei uma caneta do estojo, fiquei mordendo a tampa, pensando se era o caso de fazer uma lista de qualquer coisa (adoro fazer listas). Foi quando vi o Juan descendo a escada. Achei sorte demais – eu ser a primeira a chegar e ele, o segundo. Ele disse um "oi" e sentou ao meu lado. Camisa da seleção argentina: além de bonito, é corajoso. Por que, né? Camisa da ARGENTINA? Os pais dele são argentinos e ele também veio pequeno para cá.

– Juan, você é argentino ou é brasileiro?

– Sou argentino, cem por cento!

– Cem por cento? Mas e brasileiro? Você não é, não?

– Não, só estamos aqui por acaso. Qualquer hora a gente volta a Salta.

– Salta?

– Salta, la linda é nossa província, terra das *empanadas*[2] e dos *gauchos*.

– Aqui no Brasil também temos empanadas e gaúchos.

– Não é gaúcho, é *gaucho*. Qualquer hora te explico. Olha a Manoela aí!

Manoela, Manoela, que péssima hora para você chegar!, eu pensei.

Mas, bom, ela chegou e fui logo pedindo o celular para dar uma olhada no Face antes de começarmos o trabalho.

Jun foi o último a aparecer na biblioteca (como sempre também). Ele ajuda o pai numa loja de comida na descida para o Mercadão e é difícil sair quando tem movimento (e como a loja vive cheia, ele se atrasa sempre, até para o treino do handebol, que ama). Jun trouxe quatro pacotes de bolinhos recheados... além do *tablet*

---

2. Salgado assado, recheado originalmente com carne temperada, cebolas e azeitonas pretas.

(em que só ele mexe, claro).

Foi uma tarde legal. Dividimos os tópicos do trabalho sobre Geografia Humana (palavra bonita essa, "tópicos") para o nosso Dia da Imigração e eu fiquei com populações de dois países cortados pelos Andes para dar conta. Até a semana que vem. Andes, está aí outra palavra bonita. Para nós, bolivianos, a Cordilheira dos Andes é quase como alguém da família (dos quatro, aliás, só o Jun escapou da influência andina). Ainda pensava nas palavras e qual seria a diferença entre gaúcho e *gaucho*[3] (não achei no *Google*) quando cheguei na porta da escola para buscar o Pedro.

---

3. No Brasil, gaúcho designa os nascidos no estado do Rio Grande do Sul. Nos países fronteiriços, Uruguai e Argentina, *gaucho* nomeia um modo de vida, o do homem, cavaleiro, que tem ou teve como modo de vida as lutas diversas por território no passado e também a proximidade com os rebanhos que, por vezes, precisam ser conduzidos por grandes territórios para alcançar um ponto de venda.

Ludmi

Meu nome é Ludmi Greta Diaphana Beaumont de Sousa e sou do Haiti.

Vim de Porto Príncipe e cheguei a Rio Branco com a minha vizinha Mireille, que já é maior de idade. Viemos de avião de Porto Príncipe a Quito e de lá até Rio Branco de ônibus. Fomos abrigadas pelo governo daqui e, em poucas horas, vamos nos separar. Qual de nós terá mais medo? Mireille não fala português. Eu sim, por causa de meu pai. Mas ela vai de ônibus só até o Mato Grosso, onde tem família esperando.

Vou para São Paulo, lugar enorme, que só conheço pela internet, procurar por meu pai na universidade. Será que vou achar? Escrevi um *e-mail* que mandei para uma caixa eletrônica, onde os pesquisadores vão buscar mensagens de trabalho. Não vejo o endereço dele – ele pode ver o meu.

Mas meu pai não respondeu ainda.

Faz três semanas. É muito tempo.

Mas, terminado o funeral da minha mãe, o que eu ia ficar fazendo em Bel-Air se Mireille ia partir? Não tenho mais ninguém.

Nossos vizinhos mais queridos – "nosso lençol" – morreram no terremoto de 2010.

Na minha rua, sobramos minha mãe, eu, Mireille, seus dois irmãos e o velho tio Jean. Tio Jean morreu no ano passado, quando os irmãos de Mireille vieram para o Brasil. Minha mãe morreu no mês passado.

Os irmãos de Mireille chamaram por ela e eu vim junto procurar pelo meu pai, que deve morar em São Paulo. Eu o vi pela última vez quando ele foi embora de casa. Faz muito tempo. Eu tinha cinco anos.

Quando ele e minha mãe se conheceram, meu pai fazia doutorado na universidade e tinha ido ao Haiti para estudar borboletas. Era 1999 e o Haiti possuía, então, 209 tipos de borboletas catalogadas – entre elas, *Greta Diaphana*, delicada e branca com bordas castanhas, que se alimenta de néctar de flores. Foi assim que meu pai conheceu minha mãe, Anne Marie, que estudava biologia e também amava borboletas. Quantos tipos de borboletas existirão agora, depois de tantos desastres e tempestades? De tantos desmoronamentos de terra?

Há dias voei pela primeira vez: de Porto Príncipe a Quito. E acho que fiz o caminho contrário de uma borboleta, porque parece que me arrasto de terra em terra, por horas, enquanto ela, uma vez deixado seu casulo, voa em liberdade total. De Quito a Rio Branco comi tanta poeira dentro daquele ônibus que acho que metade de mim neste momento é feita de terra. Agora entrei nesta fila, de pessoas que vão para São Paulo em busca de trabalho. Tenho dezesseis anos e preciso de uma vida nova.

Banhado pelo mar do Caribe, o Haiti poderia ser um dos lugares mais paradisíacos da Terra, mas vive assombrado por grandes desastres naturais e é hoje um dos lugares mais sombrios do planeta. Sujeito sempre a violentas tempestades que arrasam a terra, provocam deslizamentos e perda agrícola, a maior parte de suas cidades foi destruída por um terremoto de grandes proporções em 2010. Neste momento, mais de 10.000 organizações não governamentais atuam no país, ao lado de tropas das Nações Unidas, para garantir condições mínimas à população.

Ludmi

Ludmi dobra o jornal, que recebeu junto ao material para a viagem de ônibus: um kit com lanche, água, cobertor, escova e pasta de dentes, sabonete e toalha. Há algumas horas, ela se despediu de Mireille. Foi muito difícil a separação.

Depois veio o cadastramento da organização não governamental que irá recebê-la em São Paulo, a triagem e a hora de mostrar os documentos provando a morte da mãe e a existência do pai brasileiro.

Ela é menor de idade e terá de ser vista por um juiz de Direito. Aguarda ser levada ao Fórum de Rio Branco. Já sabe que talvez não siga no ônibus com os demais.

Abre o caderno de desenho onde, nas páginas finais, estão todos os endereços, telefones e anotações importantes. Olha para os números de Jean e Bernard, os irmãos de Mireille, e para as anotações sobre os trabalhos do pai com os dados que conseguiu sobre ele pela internet. Volta algumas páginas. Vê os telefones de colegas de escola em Bel-Air e o endereço da prima de tio Jean em Puerto Plata – ela estaria viva ainda?

Para ajudar o tempo a passar, olha rapidamente o jornal. Só lê aquele parágrafo sobre o Haiti e nada mais. Pensa em tudo o que faltou dizer e que o tal jornal não diz. Tudo o que as pessoas se ajudam no Haiti, sem organizações não governamentais, sem tropas, sem ninguém de fora. Vontade de contar para quem escreveu aquilo que há um ditado haitiano, "meu vizinho é meu lençol", e que ele vale muito no mundo real.

Ludmi é finalmente vista pelo juiz e, com uma autorização, segue para o ônibus. As primeiras horas de viagem serão no meio do dia. Ludmi pensa que poderá desenhar em seu caderno por várias horas. Agora não há nada que possa ser feito. Serão horas e mais horas só rodando pela estrada. Horas e horas até precisar tomar alguma decisão.

O ônibus parte.

Maria

Minha avó vem de Sucre! Vai ficar conosco! Cheguei em casa com o Pedro e soube da notícia. Minha mãe está superfeliz, meu pai disse que está preocupado com espaço (e acho que com dinheiro também). Pedro só conhece a *abuela* [4] pelo Skype. Já eu me lembro bem dela: do cheiro gostoso que sentia quando ela me abraçava e de sua voz – diferente da que escuto quando a gente fala pelo computador. Era uma voz que cantava.

Minha avó vem, minha avó vem!

---

4. avó.

Ludmi

Nossos vizinhos nos acolhem, nos ajudam. Onde comem eles, comemos nós. Juntos pensamos também no que significam as ajudas e como – dentro das nossas cabeças – aceitamos o que achamos que deve ser aceito dos que estão em nosso país para ajudar, mas que nem sempre dão a ajuda de que realmente precisamos e sim aquela de que eles precisam.

Aquele jornal traz muitas fotografias das ruínas, de prédios em pedaços. Mas não traz nenhuma fotografia das nossas casas rurais, de pau a pique, que nos dão segurança e abrigo. Que, se caírem, não nos matam e pouco nos machucam. Os fotógrafos preferem fotografar o que conhecem, talvez. Edifícios de cimento em ruínas. Nenhuma palavra tampouco sobre nossos *kombites*, quando os vizinhos se juntam para enterrar quem precisa de enterro, para curar com ervas quem precisa de cura, para distribuir os mais fracos para aqueles que podem cuidar melhor.

Nenhuma fotografia das tendas que fazemos com panos para nos abrigar enquanto não temos outra casa. Minha mãe era prática e tinha gosto – se eu tivesse uma câmera em 2010, teria fotografado nossa tenda nas semanas seguintes ao terremoto. Ela ajeitou tudo tão bem! Achei bonito, ela também. Há noites em que sonho que ainda estamos vivendo naquela tenda. O bonito daqueles dias só é bonito para nós? Será que quem fala de nós não precisaria de licença? Para não reduzir a gente a prédios aos pedaços? Para não falar de nós como se não tivéssemos sentimentos e voz?

Quem fala de nós para o mundo sabe o que sobre nós, de verdade?

Ah, o ônibus vai fazer uma parada. Será que encontro internet neste posto? Ou proponho para a senhora do banco da frente, que já tem *chip* do Brasil, que me venda uns minutos de consulta?

São Paulo — A Secretaria Municipal de Educação anuncia que há milhares de crianças e jovens na rede pública de ensino que são filhos de imigrantes: bolivianos, argentinos, japoneses, peruanos e chineses. Parte desse contingente já nasceu em território nacional e muitos dos pais estão em situação de imigração ilegal, sendo explorados cruelmente em locais de trabalho sem condições mínimas. Equipes da Secretaria de Educação falam da importância de refletir socialmente sobre as diferenças, aprofundar o conhecimento mútuo e pensar sobre as diferentes culturas que convivem na grande metrópole, especialmente na escola, ponto para o qual convergem todas as crianças e os jovens. Assim sendo, ademais de ações já em andamento e que visam compreender a contribuição dos africanos, dos afrodescendentes e dos indígenas brasileiros, será preciso mapear e compreender as levas migratórias que têm São Paulo como ponto de chegada e o modo como as crianças e os jovens se relacionam com o Brasil e com a cidade.

Maria

Minha mãe pede para ler de novo a notícia. Leio, traduzindo para castelhano. Ela me pede que explique o que acho do que o artigo diz sobre nós, os bolivianos. Digo o que penso que estão dizendo, o que sinto das conversas lá na escola, com os professores, com os meus amigos. Ela sabe que a Manoela é peruana e já vimos a família dela na Festa das Alasitas[5], em janeiro, lá no Memorial. E que Juan é argentino – se bem que o pai dele tem um emprego melhor, é técnico num laboratório da Universidade de São Paulo, e acho que não é ilegal como a gente. Minha mãe sempre me diz que, sempre que consegue, ela pensa, mesmo com muita roupa à sua frente para costurar. É muito trabalho na oficina onde ela e meu pai estão. Mas os poucos minutos de folga, ela diz, são para desenferrujar a cabeça. Ela caminha no corredor lá da oficina enquanto pensa

---

5. 24 de janeiro é comemorada a Festa das Alasitas. É uma festa muito antiga, que acontece em La Paz desde 1781 e que celebra a abundância. A palavra "alasita" vem do idioma aymara (um dos mais falados na Bolívia, ao lado do quéchua) e significa "compre de mim". A festa homenageia uma divindade venerada muito antes da chegada dos espanhóis, o Ekeko, responsável direto pela abundância.

e observa seus parceiros de trabalho. À noite, em casa, ela me pede que leia notícias dos jornais gratuitos que pega na entrada do metrô – ela diz que temos que saber do Brasil tanto quanto da Bolívia, porque precisaremos formar opiniões para construir a vida.

Minha mãe estudou pouco, mas quer que Pedro e eu estudemos muito. Faz planos de abrir um quiosque de comida boliviana lá na Estação Barra Funda, com coisas gostosas da região de Sucre. No terminal, há sempre muitos bolivianos, pois dali saem ônibus para a Bolívia. Ela disse que pode começar vendendo *tamales*[6] como ambulante até juntar o dinheiro para investir no quiosque. Todos os domingos, na missa, ela me conta que pede força e sorte para levar seu sonho adiante.

Ela sabe que quero ser escritora (e Pedro quer ser bombeiro) e diz que podemos ser o que quisermos quando formos adultos.

Às vezes, meu pai fala em voltarmos todos para Sucre, mas minha mãe não quer: acha que no Brasil nós vamos ser felizes.

---

6. Quitute típico de diversos países sul-americanos. Sua base de milho é normalmente cozida dentro de folhas vegetais, como a de bananeira.

⊗ Nova aba de pesquisa...

http://www.noticiadeportaldenoticias.com.br

MUNDO   COTIDIANO   ESPORTES   CULTURA

Nova leva de haitianos chega a São Paulo

Mais uma tempestade tropical, a quinta do ano, atingiu o Haiti no mês de abril, ocasionando vinda de nova leva de haitianos para São Paulo. Em geral, os haitianos entram pelo Acre e são beneficiados pela Resolução Normativa de 12/01/2012, que concede a eles visto permanente por questões humanitárias. O que mais os atrai para virem ao Brasil são as possibilidades de conquista de emprego e vida estável. O governo do Acre mantém um serviço permanente de ônibus para levar os haitianos a São Paulo, às instituições de acolhimento mais aptas a recebê-los.

Há divergências entre os governos do Acre e de São Paulo, mas algo é incontornável: o número de haitianos no país. Entre o início de 2010 e os meses finais deste ano, calculam-se em mais de 30.000 os pedidos de refúgio. A República do Haiti conta com aproximadamente dez milhões de habitantes e, destes, 80% vivem na pobreza.

Ludmi

Ludmi fecha a janela do *site*, se levanta e sai da sala de leitura da biblioteca. Precisa de ar e resolve descer ao jardim. Como é boa essa área externa da grande biblioteca! Um dos melhores lugares que ela conhece de São Paulo até o momento. Biblioteca Mário de Andrade – que, ela leu, foi um intelectual do início do século XX, que ajudou a pensar sobre o caráter nacional do Brasil.

Ludmi pensa que faz parte da "nova leva de haitianos". Por que enfatizar tanto a pobreza de seu país? Pobreza não é miséria. É pobreza simplesmente. E a pobreza só é um problema quando o parâmetro para pensar nela é a riqueza. A riqueza é o "ideal", então? Como "ideais" são os edifícios de concreto que são varridos pelos tremores de terra como se fossem brinquedos de criança? As pessoas que vêm ao Brasil pensam em bons empregos, sobretudo. "Vida estável", dizia a notícia. O que seria "vida estável" se tudo é mudança e instabilidade?

Ludmi está há três semanas em São Paulo: já foi à Universidade de São Paulo, onde levantou a ficha de aluno de seu pai. Após a conclusão do doutorado, ele foi fazer um pós-doutorado na França, onde estava em curso um processo novo de catalogação de borboletas. Lá ficou até 2007 quando, segundo a universidade, voltou e realizou um período de pesquisas em São Paulo, que durou até 2010. Desde então, o pai figurava como pesquisador independente no cadastro brasileiro de pesquisadores e seu último local de trabalho era uma unidade da Universidade Estadual Paulista em Araraquara, São Paulo.

Não há resposta para seu *e-mail* ainda e Ludmi aguarda uma autorização judicial para viajar para Araraquara. Um juiz da Infância e Juventude pensou em removê-la para outro tipo de abrigo, mas ela argumentou com ele que está bem e em segurança no alojamento da Missão. Precisava somente de ajuda para encontrar o pai, só isso.

A solidão dos dias é grande. Ela ajuda pela manhã nas tarefas de higiene do abrigo e, algumas tardes por semana, vai à biblioteca. O jardim é um oásis – porque faz calor em São Paulo neste novembro. Ela observa os que, como ela, de alguma forma gravitam em torno daquele prédio. Já é a terceira vez que vê uma mesa tomada por quatro jovens no começo da adolescência. Duas meninas com feições indígenas, um oriental e um garoto branco com a camiseta de um time de futebol da Argentina.

Ludmi sorri. Futebol, uma paixão coletiva no Haiti como aqui, como na Argentina. Uma das meninas olha para ela e sorri. Ela sorri de volta. O que fazem aqueles quatro ali, tão concentrados?

Maria

O trabalho de Geografia Humana tem mexido com as nossas cabeças. Descobrimos coisas em comum entre nós três: Manoela, Juan e eu. Mas também houve ideias que o Jun trouxe. Jun tem onze anos e nasceu em São Paulo, diferente de nós três, que viemos pequenos para o Brasil. Ele tem um irmão mais velho, que trabalha com um tio num restaurante na Liberdade. É um lugar barato e bom, onde minha família e eu comemos quando minha avó chegou de Sucre.

Jun se considera brasileiro e foi como brasileiro que ele olhou para a construção do nosso trabalho. A Cordilheira dos Andes é enorme e atravessa sete países: Argentina, Bolívia, Colômbia, Chile, Equador, Peru e Venezuela. Jun propôs colocar os países em ordem alfabética, pois "ninguém é mais importante do que ninguém".

Juan é argentino, Manoela é peruana, eu sou boliviana e nunca tínhamos pensado que havia algo que nos unisse tanto. Somos tão diferentes, mas a cordilheira que passa pelos nossos países é a mesma. Jun, que diz que a sua família fala pouco do passado, nos ajudou a ver pontos em comum entre as nossas famílias: a família da Manoela e a minha fazem comidas bem parecidas. Já a do Juan é outra coisa bem diferente. Mas todas as famílias são loucas por futebol, verdadeiramente apaixonadas.

Na minha família e na da Manoela, fala-se mais de uma língua: o quéchua é a segunda língua e quase a única que nossas avós falam (minha avó fala castelhano, mas prefere quéchua). Já no caso do Juan, os velhinhos lá da família dele falam italiano entre si. Nisso Jun é bem parecido conosco: em casa todos os mais velhos falam mandarim, e só. Ele e os irmãos entendem, mas respondem em português. E só Manoela e eu lemos em castelhano também. Nem Jun nem Juan leem nada que não seja português ("e olhe lá!", disse o Juan).

Tivemos uma dúvida: nós três – Manoela, Juan e eu – podíamos ser considerados andinos se já estamos no Brasil há anos?

Outra vez a mesma pergunta sobre o mesmo assunto por causa de uma nova palavra. Qual é a minha nacionalidade? E a de meus amigos? Precisamos escolher?

O fato de como nos sentimos – o Juan 100% argentino, eu meio a meio entre boliviana e brasileira e a Manoela, às vezes peruana, às vezes brasileira – mudava alguma coisa? Jun acha que o jeito que a gente se sente não interfere em nada. Já Manoela acha que sim, que os sentimentos são importantes. E Juan diz que em um ponto somos todos iguais: para a maior parte das famílias que vivem no Brasil há muitos e muitos anos, nós todos somos estrangeiros e, em algumas situações, não é nada fácil ser estrangeiro.

Jun conta algumas dificuldades de seus pais e de seu irmão Lee, comerciantes que não dominam bem o português, nem escrito nem falado. E fala que muitas vezes é difícil viver em São Paulo, um lugar onde muitas vezes somos considerados "de fora" e apontados na rua e nos transportes por gente que acha... sei lá o quê!

Agora vamos atrás de narrativas populares dos países andinos e por isso temos que ir a outra biblioteca pública, a Monteiro Lobato, que fica no Centro também. Amanhã à tarde a gente se encontra lá (vou andar muito mais, o dobro do caminho que me leva da escola até a Mário de Andrade). Mas é preciso, porque a Lobato é uma biblioteca específica de Literatura Infantil (os meninos fizeram uma careta muito estranha quando a bibliotecária da Mário de Andrade nos contou isso) e ali encontraremos o que precisamos para fundamentar mais o nosso trabalho.

Acho pena é ter que ir amanhã lá, porque quero ficar mais tempo nesta semana com a minha avó. Ela logo vai começar a trabalhar num restaurante no Centro e vai ficar bem menos em casa. Ela conseguiu emprego num lugar de comida peruana (a *abuela* entende tudo de comida). Minha mãe ficou um pouco desapontada, porque pensou que elas duas juntas poderiam fazer *tamales* para vender no final de semana na Barra Funda.

– Quem sabe no futuro? – disse vovó, em quéchua, quando mamãe contou seu sonho. – Agora, filhinha, precisamos é de mais dinheiro – emendou ela. E assim acabou a conversa.

Ter avó em casa é tão bom! Pedro é quem gostou ainda mais, porque não sabia como é bom ter colo.

Uma avó é isso: colo e brincadeira...

(Ficou bonito isso anotado no meu caderno de escritora: acho que vou passar um marca-texto neste último pedaço, para destacar).

Biblioteca Monteiro Lobato

Juan foi o primeiro a chegar, depois chegou Manoela, Jun e, por fim, Maria. Ela veio a pé lá da Baixada do Glicério, onde deixou Pedro na escola. A biblioteca fica no meio de um parque bonito. Juan propõe ficar um pouco sentado sob o sol antes de entrarem e eles gostam da ideia. Aí aparece um grupinho com uma bola de vôlei, ali tem quadra. Juan e Manoela se animam e ficam perto, de pé, até o grupo chamar por eles. Maria e Jun ficam olhando.

– É bom poder andar pela cidade e experimentar coisas diferentes – diz Jun, que quase não tem tempo livre.

Maria está pensativa, anda pensativa. Abre o caderno que está sempre com ela e anota algumas coisas.

– O que você anota? – pergunta Jun, mas ele sabe que é o caderno de escritora dela.

– Anoto as ideias e as coisas para pensar mais tarde, quando minha mãe chega do trabalho e eu leio para ela as notícias do dia. E agora é ainda melhor, porque tem a minha avó também para conversar e pensar.

O jogo é interrompido para a turma tomar água e eles decidem entrar na biblioteca.

• • •

– Oi, tudo bem? Eu sou a Maria e esses são meus amigos Jun, Manoela e Juan. Estamos fazendo uma pesquisa para a escola e precisamos de contos de países andinos – disse Maria para a moça sentada atrás da mesa na grande sala do térreo. Ela pareceu interessada no tema.

– Olá, pessoal, tudo bem? Meu nome é Sílvia e sou bibliotecária aqui na Monteiro Lobato. Vocês guardam as mochilas ali no guarda-volumes e vamos para a Sala de Consulta, que tem um terminal.

Todos guardam seus pertences, recebem plaquinhas com um número e vão para a Sala de Consulta.

– Então, gente. Aqui está parte do que a gente chama de Acervo Circulante, que é o que se pode ler aqui e também levar para casa. Vamos ver no meu catálogo eletrônico o que temos para vocês e se é possível levar para casa ou não. Esta é uma biblioteca que guarda muitos livros antigos também e esses não circulam, mas podem ser pesquisados aqui mesmo. Vamos olhar juntos.

Sílvia foi para a parte de trás de uma mesa, sentou-se e começou a digitar. Virou a tela do computador para que eles pudessem acompanhar a pesquisa.

– Aqui está a tela de busca. Bom, geralmente precisamos de uma palavra-chave. Contos... andinos, vocês disseram?

Juan respondeu:

– Andinos, sim. Pode ser de qualquer dos países onde estejam os Andes.

Silvia pensou um pouco e disse:

– Vamos tentar primeiro "contos" e "andinos"...

Alguns minutos depois, ela balança a cabeça, não tinha

dado certo. Explica para eles que, geralmente, as bibliotecas, tanto faz se de livros infantis ou adultos, separam a literatura por países, pensando em nacionalidades. Contos brasileiros, contos portugueses, contos chineses.

– "Contos chineses" parecem ótimos! – falou Jun. – Posso voltar aqui depois e procurar por eles.

– Ah, é por nacionalidades? – disse Manoela. – Sílvia, e se digitar "contos peruanos"?

Sílvia digitou as palavras-chave e esperou pela resposta.

– Bingo! Aqui temos um livro de contos peruanos, *O mundo de cabeça para baixo*, de Rodrigo Montoya. Vou separar a referência para depois a gente encontrar um exemplar na estante.

Ao final de uma hora, estavam os quatro sentados numa mesa, com vários livros à frente: além do exemplar do Rodrigo Montoya, estavam *A flor de Lirolay e outras histórias da América Latina*, de Celina Bodenmüller e Fabiana Prando, *A kantuta tricolor e outras histórias da Bolívia*, de Susana Ventura, e uma coleção antiga, de vários autores, chamada *Biblioteca Latinoamericana de Contos*, com muitos volumes separados por temas. O acervo dali tinha cinco desses livros da coleção: *Contos populares para crianças da América Latina*, *Contos de assombração*, *Contos de animais fantásticos*, *Contos e lendas de amor* e *Contos de lugares encantados*.

– Bom, gente, são oito livros e somos quatro – disse Maria. – Para nossa sorte, todos são do acervo circulante. Vamos fazer carteirinha daqui e cada um leva dois para casa.

– Eu não quero esse de amor – adiantou Jun.

– Também não quero, não. E também esse que tem criança no título eu não levo, porque já passei da idade – disse Juan.

Chegaram a um acordo, foram buscar documentos e comprovante de residência nas mochilas, fizeram as carteirinhas, retiraram os livros e foram para casa.

Maria

Escolhi *Contos e lendas de amor* e *A kantuta tricolor*. Busquei o Pedro na escola e fomos para casa. A avó já estava lá. Que delícia ter avó morando junto com a gente! Aproveitei para conversar.

Mostrei os livros, contei sobre a visita à biblioteca. A avó se interessou pelo livro de contos da Bolívia. Será que a autora era boliviana? Fui procurar no livro. Atrás tinha uma página falando coisas sobre ela. Não era, não. A avó perguntou que histórias estavam lá. Eu olhei o sumário e fui dizendo a ela o que havia ali. Talvez ela tenha vivido lá, concluiu a avó.

Fui olhar o outro livro – histórias de vários países, todas de amor. Contei para a avó os países e disse os títulos dos contos. Ali eram vários os autores e sobre eles se falava antes de cada história. Pedi à avó que escolhesse uma história, eu ia ler e depois contar para ela.

A escolha foi *O Senhor dos Ares e a pastora*, de *A kantuta tricolor*.

Pedro saiu do banho e chegou todo animado para contar das coisas da escola – agora ele ia correndo tomar banho assim que chegava, para ficar mais tempo papeando com a avó (antes era uma enrolação só, eu precisava mandar vinte vezes). Aproveitei para arrumar um canto só meu e ler.

Para minha sorte, a TV fica desligada quase o tempo todo, depois que a avó veio morar com a gente. Antes era chegar da escola e ligar. A gente não gostava dos programas, mas fazia companhia. Era uma voz que falava e enchia a casa de som.

Minha avó chegou há quase um mês e nossa vida mudou para bem melhor – até meu pai acha isso. Com ela por aqui, tudo ficou mais gostoso, a casa com mais jeito de casa, nós todos mais felizes. Fiquei lendo, ouvindo os dois conversarem lá na cozinha enquanto a avó fazia o jantar.

O conto que ela escolheu foi o primeiro que eu li e era sobre um condor, que é o maior pássaro dos Andes. Na história, ele rapta uma pastora e leva a moça para viver no alto de um penhasco.

Com a avó aqui, tenho tempo para rever meu caderno de ideias de escritora. Ponho números no canto das páginas, como se fosse um livro. Acho que vou fazer um índice no final, talvez passar mesmo caneta marca-texto em palavras e trechos importantes.

Queria saber desenhar. Não sei, mas sei anotar ideias e coisas em que penso.

Ontem, vi uma moça simpática na mesa do nosso lado no jardim da Mário de Andrade. Só marquei isso, mas o que não marquei foi: ela desenhava num caderno de folhas sem linhas... e como desenhava bem! Ela ficou olhando a gente conversar e, numa hora, olhamos uma para a outra e nós duas sorrimos. O que será que ela estava fazendo na biblioteca? Acho que já a vi outras vezes por ali.

A avó chama: hora de jantar.

Jantamos e depois, sim, a *abuela* liga a TV. Pedro se espicha no sofá e põe a cabeça no colo dela, que dali em diante só vai piscar nos intervalos de *"mi sagrada telenovela!"*[7]

---

7. "minha sagrada novela!"

Ludmi

Ludmi lê um livro na Biblioteca do Sesc Carmo. Já nos primeiros dias em São Paulo começou a frequentar também aquele espaço, incentivada pelo pessoal da organização que a recebe. Ali há cursos de português para refugiados e cursos para integração e geração de renda. Ela entrou na turma de português, mas fala e escreve bem; precisa mesmo ler mais para melhorar o vocabulário. A sala de leitura é excelente, bem iluminada, com bons livros à disposição.

– O que ler para entender melhor o Brasil? – pergunta para Rosângela, a bibliotecária.

– O que você prefere conhecer primeiro, Ludmi? História, Geografia, Literatura? – Rosângela devolve o questionamento com mais perguntas.

Ludmi pensa um pouco e escolhe começar por lendas e contos populares.

– É mesmo? Vamos direto para a estante e a gente escolhe de lá. Muitas opções vão estar em livros para crianças, porque isso faz parte da escolarização aqui no Brasil. Você se importa em ler livros destinados a crianças, com muitas ilustrações?

Ludmi sorri. Talvez vá ganhar a vida pintando e desenhando, pode ser mesmo que seja ilustrando livros: pensar por imagens é o que ela sabe que faz de melhor...

Ao final de uma hora, ela está numa mesa junto à janela, lendo livros e vendo as ilustrações. *A lenda da Vitória*

Régia chama sua atenção em especial. Pensa que gostaria de desenhar a partir daquela história. Mas há mais livros sobre sua mesa e ela passa para o próximo *Lendas brasileiras para jovens*, de Câmara Cascudo. O autor divide suas lendas pelas regiões do Brasil.

A região Norte começa com *Cobra Norato*. Ludmi mergulha na história das duas cobras: Honorato e Maria. E dali segue, horas a fio, indo de uma região a outra, até alcançar a Sul.

Começa a anoitecer e ainda restam várias horas de biblioteca aberta. Tempo para folhear outros livros que terão a leitura adiada para os próximos dias. Quando seu celular começa a vibrar, fazendo com que ela saia da biblioteca para atender à chamada, seu caderno de desenhos já tem anotações de muitos nomes de escritores e ilustradores, como Câmara Cascudo, Marco Haurélio, J. Borges, Luciano Tasso, Daniel Munduruku, Rosinha, Jô Oliveira, Graça Lima, Angela Lago.

Maria

– Manoela, você já começou a ler algum dos livros? – pergunta Maria.

– Já comecei *O mundo de cabeça para baixo*.

– É legal?

– Tem umas ilustrações loucas, muito boas. Parte da história eu conhecia. Minha avó conta essas coisas de Pachamama[8]... E você? O que levou para casa mesmo?

– Um de contos da Bolívia e outro de histórias de amor.

– E aí?

– Dei uma folheada nos dois, mas resolvi ir mais fundo no boliviano primeiro. Uma coisa bacana aconteceu ontem: contei para minha avó um conto que ela escolheu do livro e ela já conhecia, só que a história que ela sabia continuava depois que a do livro acabava!

– Como assim?

– Era a história de um condor que rapta uma pastora e a leva para viver no alto das montanhas. Depois devolve a moça porque ela não consegue comer e não é feliz. No conto escrito termina assim, ela de volta na casa dos pais. Na história que a minha avó conhecia, depois de voltar para casa ela cria asas e sai voando quando quer.

---

8. Deusa reverenciada por povos indígenas dos Andes, associada à terra e à fertilidade.

– Nossa, que louco!

– O melhor é que a avó lembrou uma porção de histórias que ela sabia e ficou contando para mim e para o Pedro até bem tarde. Quando meus pais chegaram da oficina, a gente ainda estava na cozinha ouvindo ela contar. Foi tão bom!

– Minha avó sempre conta histórias também. A gente gosta e junta todos os primos perto dela quando ela começa a contar.

– Ela conta sempre?

– Sempre, sempre. Quase todo domingo à tarde junta uma galera da família. Ela adora. Você sabe que ela mora no fundo do nosso quintal, não sabe? Então, quando você for na minha casa, vou pedir para ela contar umas histórias para nós duas.

– Pode ser logo? Eu queria gravar com o celular para o nosso trabalho. Ontem, achei que dava para gravar a minha avó e agora temos mais a sua. Será que o Juan tem alguém em casa que conte alguma história também?

– Vamos falar com os meninos. Melhor o Jun gravar com o *tablet*, tem melhor definição de imagem. Mas também dá para gravar só o som com o meu celular, assim a gente garante uma segunda fonte de captação de áudio. Ah, e na sua casa vai dar para gravar áudio com o seu celular, aquele que não sai de casa...

– Engraçadinha.

– Sou mesmo. Tocou o sinal, acabou o recreio...

– O jeito é entrar. Curto demais esse recreio.

Escreva algo nesta Página...

Publicações

Haitianos em São Paulo
10 de junho de 2014

#BemVindoHaiti

Racismo é crime!
A melhor doação ainda é o respeito!

Nos depoimentos dos haitianos, apesar das dificuldades que encontram, aparece muito forte um sentimento bom, de serem "acolhidos pelo Brasil".

Porém, quando eles saem às ruas, tomam o metrô etc., relatam casos de racismo.

Isso é muito grave.

Para nós, brasileiros, infelizmente não são novidade os casos de racismo em inúmeros locais e contextos diferentes. Talvez fruto de um imaginário social em que o negro é hostilizado simplesmente por ser negro.

👍 Curtir   💬 Comentar   ↪ Compartilhar

👍 117

Ludmi

O *post* tem alguns meses, mas a minha realidade tem sido esta. Aqui, na Missão Paz São Paulo e na Igreja Nossa Senhora da Paz, a gente realmente encontra paz, acolhimento e bondade. No Sesc e na Biblioteca Mário de Andrade, o mesmo.

Mas são oásis e, no deserto do dia a dia, sinto o racismo na pele, pelos olhares e nas palavras das pessoas.

Sou negra.

No começo, eu pensava que eram minhas roupas ou talvez o fato de minha pele ter um tom mais escuro do que o da maior parte dos negros que vejo nas ruas da cidade de São Paulo.

Depois pensei que poderia ser o modo de andar e de olhar para tudo como novidade, porque pelo modo de andar e de olhar conhecemos os estrangeiros em algum lugar (ou sempre pensei que fosse assim).

Mas não.

Era ele: o racismo.

Mais forte quando a gente toma ônibus e metrô e vários passageiros olham feio, torto, de modo desconfiado.

E, à força de ficarmos num lugar confinado, parados por algum tempo, enquanto o trem ou o ônibus nos levam ao destino, há os que não se contentam em olhar para nós de jeito enviesado e fazem algum comentário. Algum comentário, eu disse? Alguns "comentários":

Não bastassem os negros que temos aqui, vem agora essa gente da África e do Haiti.

Preta, mas bonita, aquela ali.

São Paulo anda infestado desses pobres de outros lugares. Olha aquela escurinha ali. Estrangeira, no mínimo. Era só o que faltava.

Coitados desses haitianos... Aquela ali deve ser haitiana. Tenho pena, mas aqui não tem lugar e emprego nem para os nossos. Mais uma favelada para depois pedir bolsa alguma coisa.

Olhe ali, mais uma para sujar a cidade. Essas africanas não têm noção nenhuma de vida civilizada.

Deve ser refugiada aquela lá do canto. Mais uma em São Paulo! Carpir terreno, trabalhar na roça ninguém quer. Querem é vir para São Paulo, a melhor cidade do país, para tirar emprego da gente.

Isso tudo eu ouvi. E acho que, quem diz, diz para que a gente ouça mesmo. Só disfarçam, olhando o interlocutor e fingindo comentar "baixinho". Falam para ser ouvidos ou sem se importar se forem ouvidos.

E todas essas falas são horríveis para mim.

Preconceito e racismo. Ideias preconcebidas sobre mim, sobre o Haiti, sobre a África, sobre... tudo o que não conhecem.

Essas pessoas não me conhecem. E, pior, não querem me conhecer, nem conhecer ninguém. Querem se queixar e, possivelmente, ofender quem não pode se defender.

Nem sei dizer exatamente o que eu sinto, mas me sinto mal.

•••

O pessoal da Missão criou uma feira de empregos no último final de semana. Foi um sucesso tão grande que agora ela continua a funcionar virtualmente pelo Facebook. A página se chama *Haitianos em São Paulo* e é nela que muita gente também oferece trabalho voluntário para nos ajudar, sobretudo gente que fala francês e se oferece para ensinar português. Porém, mesmo nesse ambiente tão favorável, nos comentários aos *posts* da página há inúmeras ofensas, gente que diz sermos vagabundos e que devíamos voltar para nosso país ou irmos para outro lugar. Às vezes, os comentários são tão absurdos que acabamos rindo, como o de uma pessoa que escreveu: "o Brasil não precisa de haitianos, precisa de imigração fina".

A História de quase todos os países do Ocidente foi construída pelos imigrantes que sempre rumaram de um lugar para o outro tentando uma vida melhor. Aquela pessoa inventa existir uma "imigração fina"... Mas, para cada comentário racista e insano, há vários outros de gente oferecendo trabalho para nós, haitianos, e se oferecendo para doar comida, roupas, tempo... O movimento, mesmo o virtual, é bonito de se ver e, às vezes, dias depois de algum *post*, aparecem os donos dos comentários para trabalhar, ajudar, trazer doações.

Já os racistas, esses não aparecem nunca. Só usam seu espaço virtual para destilar o seu ódio, para agredir, para ofender. Como se "virtual" fosse palavra mágica que desse permissão para dizer tudo de ruim que vem à cabeça. E em certas cabeças nascem e crescem monstros. Acho mesmo que, quanto mais estreitas as cabeças, mais nelas crescem famílias inteiras de feras monstruosas...

O balanço das coisas é favorável. Sinto-me bem aqui, mas a minha situação me preocupa. Nada para mim até agora: quatro semanas já se passaram e nada de encontrar notícias confiáveis de meu pai.

Abriu-se uma nova possibilidade hoje, um trabalho: posso ser aprendiz. Tenho que passar por uma triagem no Poupatempo da Praça da Sé – ainda bem que é perto e posso ir a pé, porque as últimas viagens de ônibus me deixaram enjoada, tantas foram as frases preconceituosas que escutei, os olhares reprovadores que percebi serem para mim.

Eu me pergunto: como as pessoas daqui aguentam isso?

Maria

Deixei o Pedro na escola e já estou chegando na Biblioteca Mário de Andrade. Como é bom andar na rua em São Paulo!

Ainda mais num dia assim, de céu azul, em que tudo parece mais feliz. Achei uma nota de cinco reais no meu estojo e vai dar para comprar um sorvete agora ou depois de encontrar o pessoal. Estou adiantada, mas mesmo assim vou deixar o sorvete para a volta. Vou entrar e esperar no jardim.

Ali está aquela moça do outro dia, desenhando de novo. Vontade de puxar conversa. Vou ou não vou?

– Olá, tudo bem? – ela perguntou, adivinhando meu pensamento. Eu aproveito para chegar perto.

– Oi, tudo, e você? Posso sentar aqui?

– Claro, sente-se.

...

Precisei deixar as horas passarem até agora, o momento em que estou sozinha. Todos já foram dormir e eu posso pensar. Às vezes, isso me acontece nos últimos tempos: quando alguma coisa importante parece que pede silêncio para ser pensada. O encontro com Ludmi hoje foi tão especial... Há tempos eu a observava e meio que sentia que ela era estrangeira. Hoje, quando conversamos, ela me contou sobre a vinda do Haiti e a busca de seu pai. Ela perdeu tudo, todas as pessoas que viviam perto dela, a mãe, que ela amava e que cuidava dela. Que horror, eu pensei que poderia acontecer comigo! Como ela teve coragem (e, quando eu disse isso na nossa conversa, vi que ela sacudiu a cabeça, negando: "Coragem aparece quando a gente precisa e eu vim para viver a minha vida ao lado do meu pai!").

Várias semanas e ela buscando o pai, sem a certeza de que vá encontrá-lo...

Pensando bem, quem não tem certeza sou eu. Ela parece absolutamente confiante. Será que todos os haitianos são assim, calmos? Ela me contou coisas mui-to lindas do Haiti e da vida que teve lá.

Eu me pergunto: eu, Maria, boliviana e brasileira, será que conseguiria passar pelo que ela está passando?

Ludmi

Ludmi partilha o final do dia com o pessoal do abrigo na grande sala comunitária. Um grupo de pessoas vê o noticiário da noite na televisão, outro está reunido nas mesas e joga dominó e xadrez. Alguns leem ou conversam, espalhados pelos sofás. Duas mulheres, suas parceiras num curso do Sesc Carmo, fazem crochê na borda de panos muito brancos, que foram sacos de farinha de trigo.

Ludmi pensa nas coisas que se transformam e mudam, como as pessoas. Lembra-se da tarde passada na biblioteca. Dos jovens que ela observava de longe, sempre entretidos, conversando e que agora conhece. A garota que sempre chamava sua atenção se chama Maria e é boliviana. A outra menina do grupo é Manoela; os meninos são Juan (o que sempre usa camisetas de times argentinos ou da seleção da Argentina) e Jun, que é filho de chineses, mas já nasceu no Brasil.

O trabalho que a intriga e em que continuam envolvidos é sobre os países atravessados pela Cordilheira dos Andes. Ela se admira de como eles foram longe em suas pesquisas! Levantaram dados, leram narrativas populares e, na fase em que se encontram, estão gravando pessoas das famílias das meninas para registrar suas histórias. Começaram por pedir aos familiares que contassem contos populares e prosseguiram pedindo que falassem de suas vidas.

Ludmi também andava querendo aprender mais sobre

o Brasil olhando para suas histórias. Uma coincidência e tanto. A vida daquele grupo tão unido é bem interessante; eles estão atrás de referências de identidade também. Dividiam um espaço tão próximo porque os meninos estudam ali bem perto de onde ela vive, na própria Baixada do Glicério, naquela escola por onde passa sempre antes de subir a ladeira para o Sesc.

Baixada do Glicério, Biblioteca Mário de Andrade, o Sesc (onde Manoela disse que almoçava às vezes, porque o pai é comerciário e trabalha no Centro). Dividem aquela geografia, são imigrantes ou filhos de imigrantes. Sofrem preconceito também, aqueles jovens tão inteligentes? Possivelmente sim, possivelmente quando deixam a região central, caldeirão de tantas diferenças, lugar de comércio tão popular, com gente que tudo vende e compra – e para quem compra e vende nos comércios populares, o que interessam as diferenças? Os doces do rapaz sírio que percorre a Baixada em sua bicicleta onde adaptou um tabuleiro, as pulseiras lindas vendidas pelos senegaleses que vivem nas duas casas do lado do Poupatempo, a senhora peruana que vende milho verde num carrinho na porta do metrô Sé (e que tem uma plaquinha: "temos *queso*" [9], talvez feita por ela mesma, talvez por algum filho que andasse na escola).

---

9. "Temos queijo". Em algumas regiões do Peru, uma opção de café da manhã é milho cozido, servido com uma fatia de queijo branco.

Manoela e Maria contaram a Ludmi sobre suas famílias, que trabalham demasiado, sendo que os pais nunca têm tempo de contar histórias aos filhos, chegando em casa exaustos e sempre tarde. A presença das avós, para elas, era muito importante – e a avó de Maria chegou havia pouco, movida pela necessidade de buscar trabalho no Brasil.

Ludmi pensa na situação da maior parte dos haitianos que também sai de sua terra, mudando em busca de trabalho.

Já seu pai fez o caminho contrário, indo ao Haiti para encontrar o que só lá poderia achar: as borboletas que ele estuda. E encontrou também Anne Marie, a mãe tão especial de Ludmi. Como a filha, Anne Marie gostava de desenhar. O caderno que agora a jovem traz sempre por perto era da mãe e as primeiras páginas têm desenhos de lagartas, casulos e borboletas. Como ela usava bem as cores: com um estojo de lápis de cor em mãos, era capaz de produzir belezas incríveis.

Ludmi abre seu caderno e olha novamente para aquelas lembranças da mãe. Vai virando as folhas e chega a seus próprios desenhos, todos feitos com caneta esferográfica. Seria bom ter materiais de desenho novamente. Se o trabalho como aprendiz der certo, ela poderá comprar lápis de cor, canetas e talvez umas cores de aquarela com o primeiro pagamento. O dinheiro que resta do que ela trouxe do Haiti tem que ser economizado.

Nas páginas finais do caderno, estão os telefones de todos os conhecidos que pode precisar contatar e, depois do encontro da tarde, dois novos números foram anotados: o de Maria e o de Juan.

Há o convite para ir no domingo à Feira da Kantuta, onde vai se encontrar com a família de dois de seus novos amigos da biblioteca. Será aniversário da mãe de Maria, a família toda irá à missa da Igreja Nossa Senhora da Paz e dali seguirão ao Pari, para a feira.

Também a família de Juan vai à missa e, ao saber que o pai do menino trabalha como técnico de laboratório no Museu de Zoologia da Universidade de São Paulo, Ludmi logo pensou que seu pai tinha estagiado lá, por um bom tempo. Talvez se conheçam. Será?

Por isso Ludmi espera, nesta sexta-feira à noite partilhada com seus companheiros, que o tempo passe rápido até domingo. Poderá conversar com o pai de Juan. Além disso, há tempos não vai a uma feira de rua com gente conhecida e que pode, quem sabe, se tornar realmente amiga, já que também divide a condição de imigrante.

Maria

Lista de coisas para o domingo:
- caderno;
- caneta;
- caneta marca-texto;
- celular (tenho certeza de que vou poder levar, para fotografar);
- número do telefone da Ludmi;
- caixa de lápis de 12 cores para dar para Ludmi (ela precisa mais do que eu e eu posso usar a do Pedro);
- lembrar de NÃO botar aquela meia branca – é bonita, mas aperta.

Acordei tão cedo e, bem, hoje é sábado e eu poderia dormir mais. Não quero levantar porque senão acordo a *abuela*, que está na parte de baixo do beliche. Para minha sorte, está claro e posso escrever. Estou animada para os jogos hoje à tarde na escola. Handebol masculino, em que jogam Juan e Jun. Handebol feminino, com a Manoela. Eu estou na reserva do vôlei feminino.

Daqui de casa, Pedro e minha avó vão comigo (meus pais trabalham até às seis na oficina). Amanhã é aniversário da minha mãe e domingo, dia de descanso. Vai ser bem especial para todos nós: vamos à missa cedo e vou ver Juan, que vai com a família também na missa da manhã da Nossa Senhora da Paz, que é oficiada em castelhano. Ludmi vai estar lá para se encontrar conosco, conhecer a minha família e a do Juan. É incrível que a gente não tenha se encontrado antes, ela morando ali ao lado. Mas ela não é católica (e acho que nem fala castelhano) e nunca foi à nossa missa. Contei a história dela para a *abuela*, que ficou muito comovida com essa busca pelo pai e com o fato de que ela está sozinha no mundo.

– *Si no lo encuentra, que hará?*[10]

Também não sei, *abuela*, e acho que nem ela sabe.

---

10. Se não o encontrar [o pai], o que ela fará?

Missa na Igreja Nossa Senhora da Paz

Domingo, 16 de novembro de 2014

Ludmi avistou Maria e acenou com a mão bem discretamente. Procurou Juan e o reconheceu pela camiseta do Boca Juniors. Ao final da missa, foi na direção dos bancos, onde estava a família de Maria. O encontro foi muito bom. A avó Consuelo deu-lhe um abraço daqueles que só avó sabe dar. Ludmi ficou emocionada com o acolhimento. Norma e José, mãe e pai de Maria, e também Pedro foram afetuosos e mostraram estar felizes por conhecê-la.

Juan e seus pais, Julio e Mercedes, se aproximaram. Mercedes, efusiva, cumprimentou Norma pelo aniversário:

– *Feliz cumple, Norma! Mucha salud!*[11]

As duas famílias se juntaram e deixaram a igreja. Julio e José tomaram a dianteira e foram caminhando morro acima.

– Agora vamos para a Feira da Kantuta, Ludmi! – disse Maria. – Olhe, eu trouxe uma coisa para te dar. – E estendeu uma sacola de papel para a amiga.

Ludmi pegou a sacola e espiou o conteúdo.

– Uma caixa de lápis de cor! Que beleza! – exclamou.

– Então – disse Maria –, você disse que queria pintar e

---

11. Feliz aniversário, Norma! Muita saúde!

eu não estou usando no momento. Achei que gostaria deles.

– Vai ser muito, mas muito bom não precisar esperar por mais nada para usar cores. Obrigada, Maria, eu realmente precisava disso.

Chegaram à estação, passaram pelas catracas e tomaram o trem da linha azul para Tucuruvi. Desceram na Armênia e foram caminhando até a feira.

– Ai, que fome! – disse Juan.

– Também tenho fome – completou Pedro.

– *Hambre? Tengam calma, niños, las empanadas los esperan*[12] – disse a avó Consuelo. E deu risada.

Julio e José continuavam na frente, conversando em voz alta e rindo. Também Mercedes e Norma pareciam ter assuntos infinitos.

Já na feira as famílias cumprimentaram uma porção de gente, deram e receberam apertos de mãos e, finalmente, sentaram-se para comer na barraca do Ivan.

– *Para empezar, empanada y cerveza!*[13] – José estava animado e, assim que chegaram as bebidas, propôs que se brindasse a Norma por seu aniversário.

Logo após o brinde, Juan se adiantou e disse ao pai:

– *Padre*[14], Ludmi precisa perguntar uma coisa ao

---

12. Fome? Tenham calma, crianças, as empanadas esperam por vocês.

13. Para começar, empanada e cerveja!

14. Pai.

senhor, sobre o pessoal lá do Museu de Zoologia.

– *Si, hija, diga!*[15]

Ludmi, então, perguntou se ele conhecia um biólogo especializado em borboletas da América Central, de nome Ernesto de Almeida Sousa.

– *Sí, sí, lo conozco!* – E, percebendo que Ludmi não entendia bem castelhano, repetiu a frase em português. – Sim, eu conheço, sim. Conheço bem, inclusive. Ele esteve no museu em outubro, num Seminário de Entomologia. Estava de partida para o Haiti. Deve estar lá agora.

Ludmi ficou muito quieta, olhando para o senhor Julio sem dizer nada.

Maria se adiantou:

– *Entonces, lo que pasa es que Ludmi es hija del señor Ernesto y vino al Brasil para buscar-se-lo!* – E repetiu em português: – Então, acontece que Ludmi é filha do senhor Ernesto e veio ao Brasil para procurar por ele! E agora se desencontraram! Ele está no Haiti, ela está aqui mesmo.

A avó Consuelo vinha trazendo um copo de água gelada para Ludmi, que parecia muito assustada. Ao ouvir a neta falar aquilo, disse:

– *Dios mio, eso es increíble! Mejor que telenovela! Solo hace falta um niño gemelo que tenga sido cambiado al naci-*

15. Sim, filha, fale!

miento! [16]

A mãe de Maria fez uma careta e disse:

– *Madre, por favor!* [17]

Mas ninguém prestava atenção em ninguém a não ser em Ludmi, que bebeu a água muito lentamente e, se recompondo, disse para Julio:

– Mas, então, será possível que ele tenha ido atrás de nós?

– Sim, *hija* [18], foi sim. E viajou porque disse que as pessoas que ele conhecia já não atendiam *sus* [19] chamados telefônicos. Estava muito preocupado por que havia meses não tinha notícias de *su madre* [20], Anne, é isso?

Ludmi fez que sim com a cabeça, e completou:

– Anne Marie.

– *Entonces* [21] – retomou o senhor Julio –, Anne Marie não retirava mais o giro bancário, o dinheiro que ele enviava. E ele tampouco lograva contato. Ele viajou achando que

---

16. Meu Deus, isso é incrível! Melhor do que novela de TV! Só está faltando um filho gêmeo que tenha sido trocado ao nascer!

17. Mãe, por favor!

18. filha.

19. seus.

20. sua mãe.

21. Então.

vocês poderiam estar isoladas ou *mismo*[22], desculpe, que tivesse *ocurrido*[23] algo pior.

Ludmi tinha um ar perdido e disse:

– E agora, o que eu vou fazer agora?

A avó abraçou-a e todos trataram de dizer que tudo acabaria por dar certo. O essencial era saber como contatar o pai.

– Disso me encarrego eu! – disse o senhor Julio.

– Vamos celebrar duplamente agora – disse o senhor José. – O *cumpleaños*[24] de Norma e o futuro encontro da nossa amiga com o pai!

---

22. mesmo.

23. ocorrido.

24. aniversário.

Ludmi

Segunda-feira de horas que parecem tão compridas... Desenho e agora posso pintar também. A alegria de sentir novamente essa possibilidade é muito grande e intensa. Não quero pensar muito no que aconteceu ontem. Desenho a Feira da Kantuta e seus muitos frequentadores. Tento, em meu desenho, mostrar algo do espírito da feira, daquela coisa impalpável que anima todas as feiras: capturar uma vida, uma faísca daquela vivacidade toda. Estive bem ontem, com amigos, acolhida e bem recebida.

Que variedade de gente, de comidas, de produtos, de danças!

Quando eu consegui me acalmar depois das revelações sobre meu pai (o que demorou a acontecer), percebi a sorte que tinha de realmente contar com aquelas pessoas. Elas fizeram questão de me integrar ao seu grupo. As famílias de Maria e Juan ganharam vida para mim e, mais tarde, chegou Manoela, com sua irmã Lucía e seus pais. Todos formamos um grande grupo festivo. Festejamos o aniversário da senhora Norma.

Aquelas palavras do senhor José não foram só palavras: senti mesmo que a celebração se estendia para mim e para a história da busca que, descobri, não era só minha, porque meu pai esteve nos procurando. Meu pai esteve e ainda está à nossa procura (e isso é tão bom!).

Ao mesmo tempo, como eu queria que minha mãe estivesse aqui comigo! Ontem senti novamente como era bom festejar e ter uma família festejando junto. Hoje cedo fiz muitas coisas na Missão e nesta tarde me ocupo desenhando. Tento não olhar para o celular de dois em dois minutos, porque o senhor Julio ficou de repassar informações e notícias que consiga do meu pai. Vamos agora aos lápis de cor, vermelho, verde, amarelo, as cores da bandeira da Bolívia, as cores da flor da Kantuta, que é símbolo do país e que batiza a feira onde estive com meus amigos.

Biblioteca Mário de Andrade

Jun e Manoela estão mergulhados no *tablet* quando Juan aparece.

– O que vocês estão vendo? – pergunta.

– Uma história em quadrinhos bem legal, da Bolívia – responde Jun.

– *El caso de Laguna Toro y otros relatos*, histórias de Cochabamba, contadas e desenhadas por um artista chamado Felipe Porcel. Dá só uma olhada, Juan – completa Manoela.

– Bacana, hein? – diz Juan, após alguns minutos. – Dá para baixar?

– Muito maneiro, quase mangá – opina Jun. – Dá, sim. Está neste *link*, de um centro cultural da Bolívia. E já estamos seguindo o Felipe pelo Facebook.

Juan olha para as mesas vizinhas e pergunta:

– Algum sinal da Ludmi e da Maria?

– Maria deve estar chegando. Hoje o Pedro entra mais tarde na escola. E a Ludmi ainda não apareceu hoje – respondeu Manoela.

– Meu pai conseguiu o número de WhatsApp do pai dela e também um *e-mail*, mas não sei se a Ludmi conseguiu falar, afinal – contou Juan.

– Que história! – diz Jun. – Contei o caso para o meu irmão Lee, que vai tirar férias lá do restaurante e vai com uma galera para o Haiti, cozinhar para um mutirão de voluntários que vai reformar uns orfanatos lá.

– Olha a Ludmi ali, meninos. Vamos falar com ela – propõe Manoela.

Maria

Quarta-feira, 18 de novembro de 2014

Hoje fiquei doente e não fui à escola. Para minha sorte, a *abuela* estava em casa – o restaurante vai ser reformado e, como sexta-feira será feriado (Dia da Consciência Negra), os donos começaram as remodelações hoje porque vão reabrir na segunda-feira já com tudo renovado.

Tive colo de avó toda a manhã. Mesmo com febre eu me senti feliz e especial (e como não há telenovela de manhã, passamos mesmo o tempo juntas e conversando).

Pedro dormiu até tarde e agora foi para a escola (a avó levou e fiquei aqui com meu caderno para pensar e escrever).

Conversamos muito sobre as diferenças da vida. Nossa família, a família da Manoela, a dos nossos amigos. E de como nós vamos nos encontrando e nos falando e conhecendo gente.

Minha avó acha que a vida de hoje em dia é extraordinária. Diz ela que a gente vive várias vidas numa só, porque tudo é movimento.

Quando ela conta da vida de seus pais e avós em

Sucre e, antes disso, no *pueblo*[25], me parece bonito. Mas ela diz:

– *Todo era inmóvil, hijita.*

Meu tradutor da cabeça já traduz para este caderno: "tudo era imóvel".

A *abuela* fala naquele mundo imóvel como um mundo bem injusto para os camponeses. Minha família só foi para Sucre quando ela se casou; meus bisavós e avós eram camponeses. Tudo sempre muito injusto para os pobres, ela reforçou ainda, como se eu não tivesse entendido bem (e é difícil mesmo entender às vezes).

Ela disse que a imobilidade, a impossibilidade de sonhar com outras coisas, de tentar outras coisas era horrível quando tinha a minha idade.

Perguntei se é por isso que ela gosta tanto de telenovelas – é tudo fantasia ali. Ela riu e disse que na vida se vê de tudo, que "a telenovela é só uma dose diária do que no mundo está disperso" (acho que minha avó poderia ser escritora também, porque fala coisas tão bonitas e numa ordem que, quando eu traduzo para português, fica tão diferente que parece, sei lá, poesia).

---

25. aldeia, povoado.

– *La vida de Ludmi, por ejemplo* [26] – disse ela.

E falamos muito sobre nossa linda Ludmi, tão corajosa e com uma história cheia de movimentações. Começou com uma vida comum, como a minha, com mãe, pai e parentes por perto, indo à escola, sendo cuidada e, aos poucos, tudo foi mudando.

A *abuela* acha Ludmi uma heroína, mas também disse que todos somos heróis de nossas pequenas trajetórias e que para viver é preciso ter muita coragem (minha avó fala e pensa bonito mesmo).

Por mim, esta manhã duraria muito mais tempo.

Mas durou o que dura uma manhã, mesmo o tempo hoje passando de um jeito diferente.

A febre me dá sono; tenho pena de dormir. Preciso só um pouco, talvez, então vou fechar os olhos só um momento.

---

26. A vida de Ludmi, por exemplo.

Ludmi

Ludmi trabalha em seu caderno. Imagens da Baixada do Glicério se amontoam nas páginas, esboços de gente que passa povoam as margens. O caderno está quase no final e será preciso comprar um novo. Ela economiza as páginas em branco, voltando atrás para buscar espaços para desenhar. Ali está a história dos últimos meses: os desenhos feitos pela mãe, as delicadas lagartas (quem, além de sua mãe, conseguiria fazer lagartas que parecessem delicadas? Ludmi sorri). Casulos, borboletas, as últimas que guardaram o modo da mãe desenhar o mundo.

Depois os desenhos dela, da estrada, do ônibus, da vida em São Paulo, dos ambientes da Biblioteca Mário de Andrade, da Feira da Kantuta, da festa a que foi na Liberdade. Lá, no fundo, as anotações práticas que Ludmi fez: nomes, números de telefone, *e-mails*, endereços.

Volta a desenhar o bairro da Liberdade. Que nome tão bonito! E é um bairro de imigrantes. Primeiro vieram os japoneses, depois os coreanos e chineses. Suas ruas tão cheias de gente, as lojinhas com produtos orientais, os restaurantes. Será que a cidade vai ter um bairro haitiano? Possivelmente sim. Qual será o nome? Os bolivianos têm sua Feira da Kantuta, os japoneses, chineses e coreanos, a Liberdade...

Liberdade! É mesmo, ela precisa chegar logo depois das três da tarde ao restaurante onde trabalha Lee, irmão de Jun, que viajará na sexta-feira e que se dispôs a levar cartas para ela, outra tentativa de contatar o pai.

Ludmi pensa sobre seus novos amigos... Mas também pensa sobre o Haiti, sua terra, enquanto dobra a carta que escreveu ao pai.

O Haiti foi primeiro país da América Latina a ter uma Carta Constitucional e o primeiro a abolir a escravidão e o colonialismo (mas o poder da França, que era o país colonizador, criou uma sombra muito grande sobre o futuro).

– O nosso futuro – murmura Ludmi –, uma longa história tão cheia de dificuldades...

Os habitantes do país lutaram muito e o Haiti declarou sua independência em 1804, mas a França só a aceitou em 1824 e cobrou do país uma pesada indenização (por haver perdido uma fonte de lucro), o que desencadeou uma grande dívida (para dizer a verdade, uma dívida impagável).

Desde a independência, o caminho do país tem sido marcado por dificuldades de toda ordem e também por catástrofes naturais. Trata-se de um povo lutador e, a cada percalço, as primeiras soluções partem sempre dos próprios haitianos. A ajuda externa é bem-vinda e, em alguns momentos do século XXI, ela tem sido imprescindível. A autonomia é mantida sempre.

Ludmi se lembra que a ideia de vizinhança solidária é muito forte no Haiti.

– Meu vizinho é meu lençol e vai ser aqui no Brasil também – diz Ludmi em voz alta. – Esta carta há de chegar!

São Paulo, novembro de 2014

Querido pai,

Se você está lendo esta carta é porque passou na casa de Josephine Saint Claire em Puerto Plata ou na de Florence e Jean Duvalier, em Port au Prince. Estou em São Paulo, onde cheguei no dia 10 de outubro. Mamãe morreu no início de setembro. Nossos vizinhos mais queridos morreram ou se mudaram.

Quando Mireille, filha de George e Magda, decidiu partir para encontrar os irmãos, resolvi vir com ela para o Brasil e procurar por você. Escrevi para você antes de vir, usei o número de telefone celular que tinha para mandar mensagens e enviei um *e-mail* pelo espaço para comunicação do seu currículo de pesquisador. Mas penso que nenhuma dessas mensagens alcançou você a tempo.

Quando já andava sem esperanças, encontrei o senhor Julio Hernandez, que trabalha no Museu de Zoologia e é seu amigo. Ele conseguiu um novo número de telefone e endereço de *e-mail* e me contou sobre sua jornada ao Haiti para tentar nos encontrar.

Como aí nossos vizinhos são "nosso lençol", aqui o lençol tem infinitos fios e muitas tramas, por vezes maravilhosamente inacreditáveis. Mandei mensagens para os novos contatos e agora mando esta carta por outro portador amigo que irá ao Haiti em 20 de novembro e tentará fazer chegar uma cópia na casa de Josephine e outra para a de Florence e Jean. Mando abaixo o número de telefone, *e-mail* e também o endereço aqui da Missão onde estou abrigada.

Pela minha aflição e pelo meu desejo de reencontrá-lo, posso medir os seus em nos ver novamente. Agora só restei eu. Estou esperando pelo nosso encontro.

Da sua filha que o ama,

Ludmi

Maria

Amanhã vai ser um dia especial para nós. É sábado e vamos todos à escola. Todos mesmo, celebrar a imigração e nossa vida de imigrantes. Não é feriado nem nenhuma data oficial, mas a minha escola decidiu que faríamos o nosso Dia da Imigração com as famílias e os amigos e que mostraríamos muitas coisas diferentes. Haverá brincadeiras para os pequenos e que são dos mais diferentes países de onde nós, os alunos, e nossos pais somos (a diretora Denise disse: "de onde originalmente são").

Eu, Juan, Manoela e Jun vamos apresentar o nosso trabalho sobre os países andinos na Sala de Leitura da escola. Estou um pouco nervosa, mas a *abuela* me disse que vai tudo correr bem e que todos vão gostar muito do que temos a dizer. Jun e Manoela cuidaram de selecionar trechos de músicas e vídeos legais do YouTube e montamos juntos uma apresentação para contar às pessoas sobre o que andamos preparando. Com o *tablet* nós também filmamos a *abuela* narrando contos populares (Manoela conseguiu colocar legendas em português) e os pais de Juan e os meus contando como foi para eles a vinda para o Brasil.

A mãe de Manoela vai levar um doce especial peruano, a *mazamorra morada*[27], em copinhos pequenos para que todos possam provar logo após a nossa fala. Nós quatro escrevemos um roteiro para a gente não se perder, porque vamos contar muitas coisas e também mostrar imagens e os filmes. Acho que estou mesmo nervosa com isso...

---

27. Doce típico peruano, feito com milho roxo.

Sábado, 13 de dezembro de 2014

A escola nunca esteve tão concorrida (nem tão feliz, na opinião da diretora Denise, que esperava pelas famílias no portão e dizia a todos os que entravam o quanto estava contente pela celebração). Às 11 horas, os amigos Maria, Juan, Manoela e Jun começaram sua apresentação na Sala de Leitura. Nas cadeiras, arrumadas especialmente para acolher o público, estavam as famílias e também estava Ludmi, sentada bem ao lado da *abuela* Consuelo.

Todos estavam em silêncio quando Jun e Manoela se colocaram do lado do computador e mostraram as entrevistas com os pais de Maria e de Juan. Um silêncio ainda maior se fez na sala. Maria começou a ler a sua parte:

– São sete os países atravessados pela cordilheira dos Andes: Argentina, Bolívia, Colômbia, Chile, Equador, Peru e Venezuela. Todos esses países, como o Brasil, definiram-se como nações a partir de uma circunstância comum: foram colônias de outros países e, a dado momento, se libertaram dos colonizadores ao adquirir as sonhadas independências.

Juan, então, continuou:

– O processo de colonização foi um fenômeno mundial, que começou no início da década de 1490 quando Cristóvão Colombo, navegador subordinado a Castela (hoje Espanha), constituiu uma esquadra e partiu por mar com a intenção de conquistar terras. Portugal e Castela, como pioneiros no campo das navegações, foram os primeiros países a conquistarem terras às quais se chegava somente por mar (caso do continente americano, onde estamos).

Maria continuou a explicação. Jun colocou um grande mapa projetado no telão:

– No caso específico da América do Sul, a divisão desta ficou determinada pelo Tratado de Tordesilhas (assinado em 7 de junho de 1494), que falava em divisão entre Portugal e a Coroa de Castela (que assinou o tratado, porque a Espanha ainda não estava unificada na época) de terras "descobertas e por descobrir" fora da Europa.

Foi a vez de Manoela ler uma parte:

– "Descobrimento" é um termo que reflete o modo europeu de ver o mundo. Havia milhares de habitantes na América do Sul quando os europeus (portugueses e castelhanos) chegaram aqui. A lógica do sistema colonial foi a da tomada e exploração de territórios, com escravização (ou exterminação) de seres humanos encontrados nas terras "descobertas".

E Maria completou:

– Os habitantes originais da América do Sul estavam em graus diferentes de civilização e organização social, uma diversidade incrível que, por vezes, não é mostrada com clareza e suficientes dados, por isso é importante que a gente esteja aqui hoje. Vamos mostrar muitas coisas incríveis que pesquisamos sobre civilizações que existiram e culturas que estavam na América do Sul antes da chegada dos europeus.

Jun soltou um vídeo que eles haviam descoberto no

YouTube e que contava sobre a ocupação do território onde hoje estão o Peru e a Bolívia e que narrava que as divisões dos países que hoje vemos nos nossos mapas foram feitas sem respeitar em nada a história dos que viviam lá antes da chegada dos tais "descobridores". Manoela leu uma história da Pachamama e Maria contou uma lenda boliviana que explicava a formação do país de seus pais e antepassados.

Depois, os nossos quatro amigos mostraram imagens de peças que hoje fazem parte do acervo de museus, mas que foram importantes no dia a dia e na cultura dos sete países que são atravessados pela Cordilheira dos Andes.

No final, veio a *playlist* preparada com a colaboração dos quatro: uma seleção de músicas para os que quisessem dançar. A mãe de Manoela colocou sobre uma grande mesa os tabuleiros com a *mazamorra morada*. Muitos na Sala de Leitura estavam emocionados e, quando a música parou, todos aplaudiram. Antes de partirem para o almoço comunitário que seria servido no pátio, muitos familiares cumprimentaram as crianças e se apresentaram a elas.

Gente que se via na porta da escola e não se falava agora apertava a mão dos demais e dizia coisas como "precisamos nos ver mais", "essas crianças estão estudando umas coisas tão bonitas" e "que grande dia o de hoje"!

Por fim, a fome falou mais alto e quase todos já tinham deixado a sala quando um grito chamou a atenção dos nossos quatro amigos, que se ajudavam no trabalho de desmontar os equipamentos.

– Maria, veja! – exclamou Juan.

– Gente! – disse Manoela.

– Ai, caramba! – surpreendeu-se Maria.

Na porta da Sala, Ludmi abraçava um homem alto, que chegara já no final da apresentação. Maria o vira bem: ele parecia procurar com os olhos alguém conhecido.

Sim, era Ernesto, o pai de Ludmi!

Diálogos

18 de janeiro de 2015

De quantos diálogos se faz uma vida? De quantas outras pessoas depende o tecido das nossas existências?

Ludmi e o pai, Ernesto, estão abraçados e cercados pelos amigos Maria, Pedro, Consuelo, Norma, José, Juan, Mercedes, Julio, Jun, Manoela e sua irmã Lucía. É festa porque estão juntos, é festa por ser domingo e estarem na Feira da Kantuta, é festa porque a vida é diálogo e as pessoas que encontramos podem ser nosso lençol, feito de tantos fios, de tramados singulares, com cores inesperadas.

A cidade é São Paulo e neste dezoito de janeiro estamos próximos da festa das Alasitas e do aniversário da cidade, um seguido do outro. Neste ano, 24 e 25 de janeiro caem nos próximos sábado e domingo. Uma comemoração da Bolívia em terra brasileira, uma comemoração da cidade brasileira onde estão imigrantes de pelo menos cinquenta países.

Tudo é festa neste momento para nossos queridos. O relógio para seu movimento neste início de tarde e eles vivem o tempo sem tempo da alegria.

Como continuarão, agora, as histórias de nossos amigos?

Talvez tenhamos notícias delas pelos desenhos de Ludmi, pelo caderno de escritora de Maria, pela repercussão dos vídeos que Jun e Manoela têm gravado, pelos relatos de Juan no Facebook, pelas conversas que a *abuela* Consuelo mantém com todos os que encontra no restaurante, pelos clientes dos *tamales* de Norma, que inaugura na semana que vem um pequeno quiosque no Terminal Barra Funda.

Pode ser que estejam no futuro, na mesa ao lado da nossa na Biblioteca Mário de Andrade, ao nosso lado no curso do Sesc Carmo ou... Quem pode dizer dos percursos das gentes?

Mudando, estamos sempre mudando, ou por fora, em percursos que inventamos para alcançar nossos sonhos, ou por dentro, em caminhos que são de cada um de nós.

O caminho dessa história está terminando e chega a hora de deixarmos nossos amigos festejando.

Mesmo assim, talvez possamos levar com a gente um pouco do que todos descobriram e têm para nos contar, não acha?

Posfácio:

O Brasil tem acolhido milhões de imigrantes desde o início do século XX. Este é um livro que se passa na cidade de São Paulo e há registros de pessoas de pelo menos 52 nacionalidades diferentes e de 56 no âmbito estadual, além de apátridas.

O Brasil tem recebido também refugiados dos mais diferentes países em crise. Só no ano de 2017, dados oficiais da Polícia Federal registraram 33.865 pedidos de refúgio no país, triplicando o número de pedidos do ano anterior.

Para falar sobre a imigração de bolivianos, argentinos, peruanos, chineses e haitianos, fui pesquisar e também visitar lugares que sabia serem frequentados por pessoas oriundas dessas comunidades. Muito do material escrito que utilizei para pensar sobre esta narrativa, consegui junto a amigos que estudaram e viveram fora, especialmente no Haiti.

Busquei construir uma história que mostrasse a força das individualidades e que nos despertasse para o fato de que, por vezes, a ideia que temos das pessoas que se deslocam nos processos migratórios é formada por noticiários que enfatizam a dor, a miséria e a pobreza, deixando de lado questões humanas e a grande contribuição de pensamento e sensibilidade que têm os que buscam em outros países a construção de uma vida melhor.

Susana Ventura

Vale a pena visitar alguns sites descobertos por Maria, Juan, Manoela e Jun durante a pesquisa:

Argentina

www.bn.gov.ar

www.issuu.com/secretariadecultura

www.guiainfantil.com/articulos/ocio/juegos/5-juegos-
para-ninos-mas-populares-en-argentina

Bolívia

www.bolivia.gob.bo

www.comicbolivia.com/comic/6

www.bloguedebd.blogspot.com.br/2013/07/pela-bd-dos-
outros-7-bd-da-bolivia.html

Colômbia

www.bibliotecanacional.gov.co

www.todacolombia.com

www.banrepcultural.org/blaavirtual/indice

Chile

www.memoriachilena.cl/602/w3-channel.html
www.gabrielamistral.uchile.cl
www.histchile.galeon.com

Equador

www.ecuadorexplorer.com/es/html/cultura-ecuatoriana.
html
www.corpoimaginario.com

Peru

www.museoroperu.com.pe
www.gloriakirinus.com.br
www.rpp.pe/musica/nacional/quien-fue-chabuca-granda-
y-por-que-es-mundialmente-conocida-noticia-964093
www.museolarco.org
www.deperu.com/cultural/sitios-arqueologicos

Venezuela

www.avn.info.ve/contenido/biblioteca-digital-venezuela-
ya-est%C3%A1-disponible-internet
www.venezuelatuya.com/caracas/museodeninos.htm
www.venezuelatuya.com/caracas/sofiaimber.htm
www.venezuelatuya.com/caracas/quintanauco.htm

Sobre Susana Ventura:

Susana Ventura é doutora em Letras pela Universidade de São Paulo, professora, tradutora e pesquisadora. No momento, está estudando para se tornar uma doutora em Contos de Fadas e por isso tem feito muitas viagens para achar livros antigos, bibliotecas com acervos diferentes e também para conversar com pessoas que amam o assunto. Até agora, é autora de vinte livros. Os mais importantes são: *O caderno da avó Clara* (Prêmio Jabuti), *Dragões, maçãs e uma pitada de cafuné* e *Contos mouriscos* (os dois em parceria com Helena Gomes).

No blog **susanaventura.blogspot.com**, ela conta sobre seus livros e seu trabalho como escritora.

Impresso pela Impress Gráfica e Editora
para a Editora Gaivota, em julho de 2024.